詩集

こころの窓を開けてごらん

山田にしこ

風詠社

目次

旅のなかで

異なった世界で

生きる業

血の流れ

あのころ

装幀　２ＤＡＹ

詩集

こころの窓を開けてごらん

旅のなかで

毎日の生活を知る人間がいない―
という安心感もあるのだろう。
何よりもすばらしいのは、緑を緑に
映す朴心がもどることである。
思いもかけない出会いを喜び、
詩作の時間を頂けることである。

旅の所感

春は旅の始まりである
夏は自分を漂泊させる
秋は旅の心をよみ
冬はてくてく汽車に乗る

私は年中旅を思う
体が旅の地でなくてもよい
生業つまりは旅だと思う
そんな人間を
ひそかに捜しているのも
旅の中でこそと思う

旅は私を生かしてくれ

反対に
旅の中でしか生きれない
そんな私を知るのも旅だ

秒《とき》

岩間で颪をさえぎり
夕日を見続けた日
流氷は動いた

春を告げる海鳥たちが
沖と陸を行き着しながら
流氷に伝えている
―雪どけの日は近いから
　おまえも早く身をおかくし―と

すると
キーコキーコ歯ぎしりをし
―颪にも叫べ　水にも伝えろ―と

すさまじい雄叫びで
岩より大きく
ひとゆれしたのだ

絵師

加茂の街並は
日の出の頃にながめるのがよい

一番の
霜柱をザックザック踏み
区切られた田園と家屋
水墨画の山
光
どこからか流れる煙

加茂のやさしさが
閉ざされた心を包み込み
一色だった

天然が
あざやかによみがえる

一畑電車

ほら　ごらん
子どものころ
電車の座席に坐わると
うれしくって
からだを乗りだし
からだごとダンスを踊ったことがあるでしょ

おんなじように
22歳のわたし
朝の体操しているわ

ほら
山や谷

P波にS波
一畑電車は道化師様だね
みんなみんな歌って踊るよ

一幕

朝の水蒸気が冷たく刺す
諏訪湖畔に立たずんで
水深計の棒を視る
蒼さより　どす黒い
諏訪湖の水はしたたっている
なにげなく
足もとに目が止まる
と
めだかのような
わかさぎが
あっぷあっぷと群なした

鷗

飛べない鷗
川面にうつり
静かに餌をつついてた

砂地をシャナリと歩いては
潮吹く岩に喙つつく

東中国海も渡れずに
首をつきつつ
珊瑚の島に住みついた

飛べない鷗
群おもい

幾年経ても
海見てた

編み笠

老父は編み笠をかむる
時代ものの自転車を
みごとに光らせ誇らかに

時おり出会う
六月の風に
上手にあいさつを交わしながら

老父は農家の道を行く

老父のかむる編み笠は
三角幅の大島紬
老父はていねいに

編み笠をかむる

高床式倉庫

高倉を見る
現在もなお
農民の間に活きる倉
食物の宝庫として
沖永良部の強い日ざしをものともせず
立っている

六本の柱木は朽ちても
舟底のように厚ぼったい倉を乗せ
幾多の虫喰いや
自然との闘いの数多くを
現在に伝え
立っている

えらぶ女

台風の年はまるっきしだめだけど
次の年はよく実るよね

ほこらかに教えてくれる女の手は
スラリと伸びていないのに
活き活きと動いている

これが葉煙草　さとうきび　ユリの球根
目くばせしながらハンドル切る女の顔は
整っているわけでもないのに
妖美である

乙女の死

誰想う　少女の瞳
誘う　青緑の東中国海
波は珊瑚礁の岩間に透けて
深い眠りにつく

ハイビスカスの花開く田皆岬に
〝さようなら〟と風音あれば
エラブユリも涙と枯れる

沖えらぶ夕やけ

夕日が赤々とそまっていたから
食事をほっといて
散歩した

お空
一天
山のうえ　野のうえ
そまっている

すると　どうだろう
スタリ　スタリ
八歳の女の子たちが
手をつないで

あとからついてきた
―沈んだら
今日をありがとうって言おうよね

アナトリア地方によせて

東から西へ風が吹けば
アララット山麓のイシャクパシャ宮殿が姿を現す
マルマラ海を眼前に見る
ターバン姿の古人が住んでいたという

霧は古人を隠し
海を超えアナトリア高原に埋もれた
家人に伝えようとする
けれど
宮殿の楽士たちは
家人を招く音を知らない
ゆえ
風は古人を砂にもどし

ターバンを高原に運ぶ
いにしえよりの都話を
旅人は今の世へと伝え歩く

宮ノ浦防波堤のカワハギ

陸にあがったカワハギは
海より
おもしろい世界があると
身をくねらせた

海のなかを泳ぐように
胸ひれ　腰ひれ
腹ひれ　尾ひれを
ねじり
開いては狭ばめ
小さな尖歯をむきだしにして
グワァグワァ
胸と腹の大息で

黒眼をパチクリ見開いて
おもしろい世界を視察していた

グワァグワァ
屋久の陽ざしは汗が出る
飲み水もねえのか
グワァグワァ
黒影の大男が
俺を睨んでるな
グワァグワァ
グワァグワァ
なんてこったぁ
グワァグワァ
グワァグワァ
陸にあがったカワハギは

遠く彼方
ふるさとを夢見たまま
動かなくなった

発見

志戸子でおもしろいものを見つけた
ひとりひとりの手形に
組　名入りのブロックべいだ

他の地でも出会えたかもしれないが
新鮮に映った

不思議が
よそには見られない
この村に
数えられないほど
あふれていそう

うれしい予感に
わたしは
走り出していた

ドラマ

夕暮れ近づけば
漁夫は船に乗り沖あいに出る

快晴びより
風南南西強し

男達の生活が始まる

白い帆棒が彼方に消え
水平線と空の蒼さを惜しむ

今日の収穫は何だろか
海の天候はどうだろか

夕げの支度の女達が
思い出した様に箸をとめる
安房港を見守る燈の灯台だけは
男達を励ましていた

ガジュマル

きりんさんの首より長いね
ぞうさんのお鼻より太いね
ううん
大蛇くんよりでっかくって
おろちより顔がたくさんあるよ

あみあみのタイツや
レースのスカートが
とってもにあいそう

ほら
魔法つかいのつえもあるよ

おおっきいくせに
頭でっかちだもの
つえがたくさんいるんだね

猿川ガジュマル

雨を飲み
人を喰う樹のようだ

鬱蒼と繁るこの湿地帯のなかに
暗国の王者の様《さま》らしく
若者を戦《おのの》きさせる大木
数百年の古株は皮も朽ちたが
寄生樹と共に生きている迫力には
魔王に手を捕られるような怖さがある
朴心《ぼくしん》の息子は
親のようになろうと
枝別れて幹をつくり
やがては

地に根をおろす

ゴワリとあけた幹からは
今にも血が流れ出そう
蛇管が幹を巡り輪となって
奇妙な冠をつくる

この湿地帯を吹き抜ける風は
身を斬るように急《せ》きたてる

「はやく出ておゆき
おまえは美味そうじゃない」と

トロ沖の滝

轟音に身がすくむ
太平洋の深さが身を踊らす

滝の飛沫が入江から外海へ流れ
陽の輝きが海の粒子を入江へ誘い
衝突する

このまま
バンジージャンプすると
気持ちいいだろう――とつぶやけば
後ろのモッチョム岳が笑ったようだ

むかし

江戸時代
米の年貢に苦しんだ百姓は
屋久杉を伐採し
代官に差し出した

樹齢二千年の見事な杉に
数十名の樵《きこり》と飾り職人は
寝る間も惜しんで
磨きを入れた

代官は　この上ない興を注ぎ
島民は　大樹の姿に涙した

カラスのうた

カラス黒い鳥　どこ帰る
海を渡って　どこ帰る
朝の散歩の浜遊戯
昼すぎて
顔出す黒い鳥

カラス黒い鳥　何捜してる
岩間しゃりしゃり歩いてる
晴れの屋久のあいさつに
ガーガー鳴くのは
似合わない

カラス黒い鳥　どこ行った

山の頂ぺんから声出して
雨雲呼んで逃げてった

カラス黒い鳥　へんてこ鳥
そんなら
おいらが見つけ出し
きっと　賢くしてやるぞ

志戸子

志戸子
なぜこのような名になったのだろう
八百屋さんが雑貨や酒すべて
ひっくるめ売っている
村に四～五軒ぐらいあるのかしら
スーパーなんて気のきいた店はない

村で
二十歳代の若者を見かけない
会社が見あたらない
林業　漁業　駐在所勤めか
出かせぎか
老人と子どもの村　志戸子

アスファルトの道路は少なく
家屋は平屋の昔風
雨の多さに荒屋風
軒横の生活道は
狭い道と共同の道
まっすぐのびる海への道
薪の道　海村《うみむら》の道

床屋　パーマ屋も一軒くらい
代々継がれた床屋の横で
白木蓮が住人の顔して花を咲かせている

昼間
子は学校　親は仕事で

志戸子は静かだ
皆が家路につく頃
村あげて　夕げの支度ににぎわい
フロの煙に酔う
志戸子
誰が名付けたのだろう

蓮華寺の上座にて

蓮華寺の上座にて
鶴亀にみまがう積雪に
あるいは
水音　雪の地に落ちる音に
真白くなり　無となり
舞い上がり　舞い落ちる
水面《みなも》に映る姿

あたかも
わが胸を抱き
女性《ひと》として
信念を捨てきれない「己」を見るようだ

雪の三千院にて

三千院の縁にて世をみるのは
水の流れ
こもれる陽光
頭をもたげる葉々
帽子を払う　木
土　水　岩　山

里を愛する
ひとつひとつの和が
縁に坐する人をも和するからだと
答えることはできまいか

異なった世界で

自由な発想の中に身をおいて、
思惟を巡らせる。結実したものの
ゆき場を捜していると深淵の中に
迷いこむ。創造の未開発分野である。

三連凧

三連凧　知ってるかい
子ども達が川べりであげていたよ
風が強くって
ヒラリヒラと昇っていったよ

三連凧　知ってるかい
子ども達がくるりくるくる凧糸を巻くと
凧はどうしたのか
アッカンベーするので
ちっとも降りてこないよ

三連凧　知ってるかい
霜柱の稲株《いなかぶ》の

ずーと遠い青空で
旋回して笑うんだ
三連凧　知ってるかい
子どもが大好きな飛び凧だよ

幻

二人でデュエットして楽しんだ
白い小さな部屋に
にがいブラックコーヒーは
とても似合いそうにない
私はひとり
影をしたって飲みほす

喜び顔の花を摘む娘は
「こんにちは」と愛らしい声で
いつも花を活けてくれた
生々しい乳色の空気が
小さな部屋に漂って
うっとりと甘い雰囲気をかこつ

それが今
絵画の人となる

れんげ草の中で流れるメロディにおされ
書斎の人にはほど遠かった日々を
静かな笑いが甘く消しゆく

私はひとり
書斎にもどっていく

断章

昔々
俺は人間さまを愛していたとさ
しごく羞恥なことだけど
人間さまを愛していたとさ

泣きやまぬ者よ
〝めだま〟をおとり
いじめっ子よ
〝こころ〟をお売り
そうこだまさせ
俺は仲間をふやさねばならないのに
奴らの光にのみこまれて
笑い　怒り　泣き

俺は世界の小市民だったとさ
だは　もう嘆くこともない
みろ　この世界を

俺はどこにでも住める
あらゆる虫けらをつかみとり
こせこせした奴らの抵抗を
腹をかかえ笑ってやるさ

子守歌

ねんねこちゃっちゃ
ねんちゃっちゃ
おいらは毎日はたらくさ
ひっとつふったつ
畑つくる

ねんねこちゃっちゃ
ねんちゃっちゃ
ばあやはかわらでももひろた
みいっつよぉつ
ももひろた
ねんねこちゃっちゃ

ねんちゃっちゃ
あんさは遠くの空の下
えんこらしょっと
物かつぐ

ねんねこちゃっちゃ
ねんちゃっちゃ
ねえやは満月　晴れの日に
馬にゆられて
嫁さいった

ねんねこちゃっちゃ
ねんちゃっちゃ
おっとぉ　おっかぁ空の上
にっこり笑って

星だより

ねんねこちゃっちゃ
ねんちゃっちゃ
おいらのかあちゃん子をあやし
天までとどけ
子守歌

天までとどけ
子守歌

大きな悲しみと小さな喜び

大おとこが
小びとに言いました
「おまえの心はなんてちっぽけなんだ」
小びとは
大おとこに静かに答えました
「あなたの涙は　私のこころを泉にします」

遊戯

雪をかぶった
麦わらカブに
ちっちゃな小雪がとうまって
かぼそい
おはなししていると
ふんわり
風に飛ばされた

雪をかぶった麦わらカブは
ちょっぴり
淋しくゆれてった

モアイ

モアイは　海に叫び
モアイは　天に叫び

神々の世界にもどろうと
乗れない舟がたどりつくのを
昔から
待ち続けていた

七人の巨人たちは
口をゆわえ
水平線より彼方の
舟を待っている
〝乗れない舟〟

今日もたどりつかないかと
朝日をあび
海の夜明けに伝え
真昼の太陽に伝え
夕日に横顔うつし
波に悲しみを伝え

何世紀も時を超し——

モアイは二度と口を開かない
モアイは二度と歌わない
こころを閉ざした
巨石となった

異国《ふるさと》

あたしは
日本に立つ人でなく
古代大河に流された魂を持つ
人なのかもしれない

何かがあたしを呼ぶ
もどっておいで　帰っておいで
あたしは叫ぶ
―行きます　帰ります

それは夢の一話で
こよい
魂が旅立つのも

あたしにしか見えない世界かもしれない

ガンジスが
人人の身を清めるのを
なぜになつかしがる?
なぜに魅惑される?

還れるところを
骨をうめるところを
見るまで
あたしは叫ぶ
—行きます　帰ります

おことば

大仏様の胎内から
新しいおいらが生まれた
むし暑い胎内に
おいらは芽を出し
ただっ広い胎内で
おいらは人となり
魂を父よりもらい受け
うぶ声をあげた

大仏様よーと
地上の生き物は手をあわせ
御利益をと顔を見る
けれど

父は同じ顔で
地をはう事物を眺めている

父曰く
この界のしあわせは
おまえのこころより湧き出るものだ
子よ
人人の心を清く出来るなら
仏の魂おまえに宿らせよう
――と

漂泊

天空無限は幻か
寝ても覚めても
冴えたる瞳に
吸い込まれる不思議は
無双無二

生きている間の一生を
ひたすらに　冴えたる瞳を捜し尋ね
歩いてもよい

砂漠だろうが　氷の世界だろうが
天空無限に出会えれば
出会えるまで

漂う　我が身

生きる業

人は世に生まれると、その一瞬から
死にむかって歩き出している。
その意味を知らない人が多すぎるのは
悲しいことだ。
生きてゆくことは歩みのみである。
現世に自らの歴史をつくることなのだ。

海青き

青い青い　こころの海よ

我が思い
我が希望
我が夢を

ザブンザブンと乗せてっておくれよ

おまえのふところに
幼子の子守歌が
いつの日にか
もどるように

きょうは

小猿が出たよ
真赤に怒って泣いて出たよ
元気に大きな息すって出たよ
かあちゃんのおっぱいの味も知らずに出たよ

はげちゃびんの頭で出たよ
おへそを巻いて出たよ
女の子がしょんべんして出たよ
しわくちゃな顔で出たよ

きょうは
小猿が出てきた日だよ
家あげて御赤飯を炊こう

かえりみて

きようには歩けない
いつも
失敗して
けつまづく　ころぶ

きような言葉は喋れない
いつも
へただと野次られる
無口なつまらない奴だと蹴られる

きような人生のくぐり方を知らない
損なまわり道をしては
けつまづく　ころぶ

けれど
その分　たくましくなった

起き上がれ

起き上がれ　起き上がれ
ぺしゃんこにされても
起き上がれ
俺の力はそんなに弱くはない
甘くみるんじゃないぞ
起き上がれ
起き上がれ　起き上がれ
涙など流しているひまがあるか
起き上がれ
俺は過信はしない
嘘つきは大嫌いだ
起き上がれ
俺は後悔の連続でもいい

歯をくいしばって叫んでやるさ
起き上がれ
俺の人生は俺が生かす
活き活きでない生き方は最低だ
起き上がれ
起き上がれ　起き上がれ
何にもまして前進の姿で
起き上がれ
次へのファイトがわく
起き上がれ

生業

雑踏の中に根をもつ
ちいさいちいさい新芽
群生の中で
雨あび頭《かしら》を持ちあげる
雑草のごとく生きよ

私が望んでいること

時間に追われることのない
自然を描き
自然のふところで眠る

一軒家が
居間　書斎　アトリエ　寝室であり

疲れては休み
目覚めてはまた描く

一月一日に

新しい年がきた
とうとうやってきた
自分は今年立つつもりだ

金にはならない
きっとならないから
やめたほうがよい
と友が言う

片手に医学
片手にペンでは
不器用な自分に
生きてゆけそうにない

両手に医学は
自分をしめ殺してしまう
両手にペンは食ってゆけない
ともあれ　新しい年がきた

階段

階段を上る時
苦しいけれど楽しみがある

坂道を上る時のように
まだ見ぬ世界のかたわれが
目の前に広がって
胸があつくなる

階段の中腹で
もったいぶって
腰おろし
楽しみを
そっととっておきたくなる

あたし

誰だか知らないが
私は強い人間だとほめた
誰だか知らないが
私はかわいくないとなじった
誰だか知らないが
私は仏様だと拝んだ
誰だか忘れたが
私を妻におくれと言った
誰だか知らないが
私は泣かない女だと叱った
誰だか知らないが
私にはやさしさがないとつき離した
誰だか知らないが

私を鬼だと叫んだ
誰か
ほんとうのあたしを見つけてごらん

ばかみた〜い

馬鹿みたいねーと彼女は心に思う
友人のこころとうらはらの話を
耳にするたび
寂しさからつまらなさに変わり
瞳は宙で舞い
手は無造作に前後左右に動かし
意味を含まず

こころのなかじゃ　ひらがなの
　ばかみた〜い
を連呼しながら
ひとことも発せず
まっくろに色ぬりをする

彼女の手が
いまという一瞬を描く

オリエンテーション

手術前のオリエンテーションを
違う人生を歩いてきた人に語る
善良な市民の表情で
時に
ポツリポツリと繰り返す

手術前の横顔は
黄染した瞳にわずかな涙のあとがあり
唯
若い　から　この　身体で
回復してやるさーとあっけらかんに言う

正面を向いた顔は

鼻から下は笑いかけ
上は語りに応じようとしない

家族のためにも　手術を決めました
嘘を言う口もとが震え
ほんとうを言えないこころが
ひとつ言うたび
手がそうじゃないとおいたする

私は
繰り返し
ロボットのように語る

題なし

―死化粧を
いくたびか
この手でしてあげました

どんなに
一生懸命　投げうっても
なにひとつ
からだを
あたためてあげられません

泣くことは　してはいけません
一瞬も笑うことは　ないのです

遠くにありて

私は　ふるさとを見ていたい
いつも　ふるさとの山を見ていたい
私は　ふるさとを見ていたい
いつも　ふるさとの河を見ていたい
私は　ふるさとを見ていたい
いつも　ふるさとの海を見ていたい
私は　ふるさとを見ていたい
いつも　ふるさとの人々を見ていたい

望み

都会で生き抜くより
自然のなかで死にたい

すさんだ心で明日を見つめるより
純朴な心で今日を見つめたい

人につくして我が身を滅ぼすより
我が身を燃やして人の灯となれたらいい

親と子のつながりに身を崩し消えるより
漂う人間の個《ひとり》でありたい

血の流れ

血縁は字が示すとおりである。
生涯流れているが、
感情までは支配出来ない。
幸せの環はそれぞれで異なっている。

すやすや

娘や息子が
母の腕のなかで眠っている
かわいらしいマシュマロのほっぺに
寝息たてて
なんて
愛らしいのだろう
口笑いなんかして眠っている

夢のなかへ
わたしも入れて

おまえたちのしあわせキューピットに
なってあげるから

雪ん子　れんげ草　ひまわり畑
ぎんなん拾いも
好きなところへ連れてってあげる
あっ
また笑ってる
こんどは声だして

かあちゃんが泣いている

かあちゃんが泣いている
腹のそこから泣いている
とうちゃんは
「母泣かせな奴だ」とおこった
でも
ぼくはわからないよ
かあちゃんは　なぜ泣くのだろう

眠りなさい

おまえの涙が見える
こころから許しているおまえが
何に嘆き悲しんでいる涙か
私にはわかっているよ

ここにおいで

そして
こころまで
「おやすみ」

目覚めたあとに
〝沈めた石〟について考えればいい

八月五日の出来事

どうして　小さくなってしまうのか
頭《かしら》を下《さ》げ
背をまるめ
目をうつむけ
一言も発しない

なぜ　小さくならねばならないのか
体が病でも
こころの奥そこにまで
病を持ち込まなくてよい

あなたは男だから
もっと

頭《かしら》を上《あ》げてゆけ

母のひとりごと

昔から
しあわせじゃない　という
男らしいところがなくって・・・
自分が柱になった　という

遠い瞳をして
海を恋しがるその人の背に
何度も何度も
ゲンコツを入れる

男がしっかりしていないからだ　と泣く
節のごつごつした手で
じっと

こらえて生きてきた
母という人間の人生を泣く

おじいちゃん

遊び盛りのわたしは
夕焼け空が暗くなるまで
その日にかぎって
田んぼを走り回った

帰宅したわたしを
喪服姿の母が叱りつけた

おじいちゃんが死んだったんやで　と母

・・・
えんなかは村人でざわつき
重苦しさが漂う
わたしの頭から爪先まで　つめたくなった

鋼鉄製の錨が
こころの暗がりへ沈んでいった

わたしがもっと幼かったころ
曲がった背中に
よじのぼってはおりる
すべり台ごっこ遊びをしても
いちども怒らなかった

キセルタバコを
おいしそうにくゆらせていた
おじいちゃん

祖母の歌

一九七三年七月
はや五年になる
病で伏し床についた　おばあちゃん
一つ一つよく気づき
一つ一つよくまとめる　おばあちゃん

元気で子守歌の好きだったころ
遊ぶのにいそがしすぎて
ころころ騒ぐのを
必死でおさえようと子守歌を歌った
おばあちゃん
「大好き　大好き　だぁーいすき」

それが
病持ちになってから
大声で用便を言い
風が欲しいと泣き叫び
床ずれがして痛いと騒ぎ
風呂に入れろとだだをこね
おばあちゃんは嫌われ者

盆

おじいちゃんの日には
家族そろって経文を見
家族そろって経をあげる

長年生きた顔は　苦労の絶えない
しわでいっぱい

大きなひらがな文字も見えない目は
もう一方をおおうようにとじ
口のまわりに年輪をつくって
おシャカ様にも出せない声で
おじいちゃんに経《うた》う　おばあちゃん

見舞い客

「おひささん」「おひささん」
若い頃の友達が
おばあちゃんと同じ顔して
「ええ顔色しとってや」
同じ言葉を残しては帰っていく
半分開いて閉じた目で
柔らかい視線で笑いかける　おばあちゃん
「よかったね　よかったね」

一九七四年七月
七月はむしあつい
いろんな虫が出てきては
風鈴の涼しさをきいていく
おばあちゃんにも聞こえるだろうか

のどの潤いを望んで望んで
「末期《まつご》の水や」言って叫んで騒いで泣いて
用便を言い　食を求め　水を求める
おばあちゃん
「おばあさん　何言ってん」
またまた愛情けんかがはじまる
「末期《まつご》の水や　たのむ」
「何回末期《まつご》やったりするの」

おばあちゃんの歌う経の調べが加わって
おかあちゃんの負け

七月十三日　金曜日
すいかの季節もはじまって
ポンポンいい音のするすいかを
おいしそうに食べている
おばあちゃん

お医者さん　きのう来て
首　横振って帰っていった
おかあちゃんはつきっきり
隣のおばちゃんもつきっきり
ねえちゃん　私　妹も帰っていて
おとうちゃんはいなかった

不思議そうにすいかを食べたおばあちゃんは
片目から涙流してた
口を開いて何か言ってた
おばあちゃんは
おかあちゃんを見てた

おばあちゃんは
大きな息を吸って　はいて　吸って　はいてた
おばあちゃんは
顔色を青色にかえて　手足をまっ白くして
おばあちゃんは
顔をひきつらせて　何度も目をつむってた
おばあちゃんは
歯ぎしりして　何度も目をつむってた

おばあちゃんは
おばあちゃんは
苦しそうだった

一九七四年七月
おばあちゃん
おじいちゃんの隣に並んで
菊をいっぱいもらったね

一九七五年七月
この間　家で留守番をしていたら
寂しくて恐くて泣きそうで

なのに
おばあちゃん　ひとり

床についで
おばあちゃん　ひとり
目を開けていた

はなへんげ

父の祥月命日に
真紅の薔薇一本買い求める
半値で頂いた分
花弁は開きすぎたが
命日のひと役を果たしてくれた

慣れない花いけのなかで
日一日と萎える姿が忍びがたく
水切りをし　茎を紐で結わえ
頭を逆さに吊るした

葉はすぐさま翻り　緑のいろけを消し
萼は青いまま干され

花はしだいに濃いカーマインから
ブラックに色変わりし
すべてが小さく形を変えてしまった

手元には
束にするほどの持ち合わせもなかった

それでも
一本の薔薇は
命をさかさまにしながらも
間違いなく
父と娘の狭間に存在する

あのころ

誰にでも「あのころ」という想い出が
あるもの。胸のあつくなる、心に残る
一場面がたくさんある人ほど魅かれる。
心のアルバムは一杯にしたい。
その中で特上の一枚を必ず持っていたい。

オホーツク・メモリー

雪の道深く
モービル跡も埋もれ
ただ　自らの足をたよりに歩く
・・・
男の涙を見るまではふるさとに帰られぬ
斜里からやって来た医学生が言う

奇岩は兎と亀の形だと
オホーツクで生まれし岩を指し
先頭をゆく
岩穴をくぐり　湾曲した山道を歩く
風が吹けば雪の花が舞う
吹雪よりかわいらしいが

内地の人間は吹雪かと思う
視界は奪われ
時おりの雄叫びに導かれるように
息使い荒く　はがゆい足どりで
身を引きずり歩く

医学生ひとり行かせれば良いのに
なぜ　私も友も歩《ゆ》くのだろう
なぜ　瞳輝かせて男の涙を説くのだろう
行けども　行けども
それでも
見つからない

両肩を小さくし
言葉を失くす医学生を

見かねた私
止まるわけも見当たらず
行こう　と言えば
体中のエネルギーを取り戻したように
喜々とする医学生
目の前には凍った深い雪道があるだけ
しだいに
言葉はさえぎられ
冷たさだけに包まれていった
—
見つけた——
とき
医学生だけが
ピョンピョン飛び跳ね

私の視界から消えていった
友は息切らし　数十メートルあとから
無心に足を動かしていた

男の涙・・・

オホーツクの波がはじけ
岩を砕いて生まれし滝
水流は幾重もの氷の塊となり
白雪の中で際立つ輝きを放つ
氷塊はどこまでも続き
人知を寄せつけない
天然のパワーは
修飾できないエネルギーを内包している

医学生ひとり
白い灯台の絶壁より
厚い氷枕と雪に埋もれた
百メートル下を

あっちこっちと
四つんばいになり
じいっと見入っては
大きな深呼吸を何度もくりかえす
秒針まで止まらせて

雪の道

「ここで休ませて　食べ物ちょうだい
　眠ってもいい？」
否
死んでしまう

唯　黙々と歩く

ウトロにもどり
空胃に丼を入れると
私はいつの間にか
目を閉じていた

医学生の声が
魂を現世に呼びもどしてくれたようだ

ひとつの闘いの終わり
と
こころの実り
で
医学生の瞳は脈うっていた
トクトクトク

21歳
オホーツクでの出会いだった

一度

この顔に
紅をさす日は
来るとも
来ないとも
わからない

来てほしいとも
来てほしくないとも
言っている

頬赤く染めた娘の時代に
紅染められたら
母も　そして　父も

喜ぶだろうが・・・

愁

ひがん花の季節もおわったころに
やってきた
つづり文字
　—ホロリと涙が流れます

人は
こんなにも静かに
返事が読めるなんて

たったひとつの言葉が
一枚の用紙を
生き物にするなんて

誰がおしえてくれたのでしょう

ははごころ

娘時代に
はちきれそうな瞳のころを
見つめてくれる青年と出会いなさい

ピンクの胸が
しだいにふくらんだら
やさしい泉となりなさい

貴女《あなた》の胸で
眠れる　愛《いと》しいひとと
育む空気を愛しなさい

呱呱のこえ

人のおかしさは摩訶不思議な物語
天岩戸を開かれた神々の里に
セカンドライフを求めて降り立ち

アホウドリの住処の
雌雄異体　一対数々の糞山の上に
その日暮らしの闇夜のとばりを
一夜一夜数え
歌えや踊りの音響は
自然の生業《なりわい》にはかなわず

静謐のなかにありて

喜びも悲しみも苦しみも辛さも
よりそう魂に
身体を寄せあい
たしかな温もりを感じあえる一瞬に
生み出すものは
絆

さしだせるものは
呱呱のこえ

あとがき

三十七年前、社会情勢もよく知らずに、ほとばしる若さのエネルギーで出した詩集「こころの窓を開けてごらん」を、再び読みかえしてみた。なぐり書きは物心つく幼少よりしていた覚えがある。新聞の広告の裏が白いものは、貴重なカンバスだった。思う存分の落書きが出来るからだ。

築五十年近い古民家のわが家の破れた襖に、母が手作りの糊で丁寧に広告を貼り修復した個所にまで、お姫様のお絵書きをしたもので、母から大目玉をもらったのが一番記憶深い。大学ノートが買えないわが家にとり、いや、私自身にとっては、裏の白い広告が新聞に入るとつい嬉しくなったものだ。

手作りの広告ノートを私は心のカンバスにし、お絵書き、漢字練習、言葉遊びを沢山した。白黒のブラウン管のテレビを観るより楽しく有意義な時間であった。日記代わりにもなっていく自作ノートは、自身の成長過程に欠かせないツールでもあった。

常に心の栄養を求め、学校の図書室に出向き世界の偉人伝や哲学書類を貧る様に読んでは読後感をノートに綴り続けた。思春期の少女時代には、恋愛小説はほとんど読まなかった。好奇心は心や魂を刺激する本が主流となり、世の中に有用な人になれるようにするには、どうすれば良いのか―という想いが根底にあり、育んでいった。最も、本の楽しさを最初に教えてくれたのが外ならぬ父であった。

私達三姉妹に、ある日、日本昔話の本を一冊プレゼントしてくれた。三人でとりっこするほど、よく読まれた本である。姉のいない間に一生懸命読んだ覚えがある。その中のお気に入りの物語に「安寿姫と厨子王物語」「鉢かつぎ姫」がある。何度も何度も読んだ。

母は学問への興味より、目の前の現実と対峙せざるえない環境下にあり、常に現実の生活を大切にする人で、時代を生き抜く知恵を祖父母から授かった人でもある。

そんな訳で、私は今も細々と絵や詩を書き続けている。書くことが私の本来あるべき姿へと私を導いてくれるからだ。

一生の間に出会える事物には限りがある。その中で、いろんなお陰により、二十代の感受性鋭い時期に、多くの地へ足を運び、その土地の風土や人々に出会い、その土地での見聞を広めることが出来たのは、何よりも幸せである。自ら内包しているものと異なったものとの融合によって生まれた作品を通し、私自身が、時には傷んだ心身を癒やされていく不可思議を強く感じている。

戦後の昭和に生まれ、平成、令和へ元号は移った。変化する時代ゆえに、あらためて、初心に立ちかえり、自然のなかで生かされている人としての存在の大切さを見直してみた。復刻版の編集にあたり、令和の作品も少し含め、今詩集を編んでいる。

編集構成においては、再度、風詠社と大杉剛様のご尽力を頂きました。ここに厚く感謝とお礼を申し上げます。

令和元年　皐月

著者

TO　この本を手にしてくださったあなた・・・
　未熟ながら第一作・第二作「海青き」を含め、未発表作品をまとめました。
・・・あなたと会話してゆきたいですね。ちょっぴり、こころに触れてみたい気がします。
そして、お互いに、おっきくなれたら最高。また、どこかでお会いしましょう。

from NISHIKO
（1983年の著者）

山田　にしこ（やまだ　にしこ）

1959年　兵庫県姫路市に出生
1979年　処女詩集『海青き』私家出版
1983年　詩集『こころの窓を開けてごらん』自費出版
2001年～2004年　大阪文学学校在籍
2003年～『文芸ふじさわ』同人
現代詩の編集に携わる
2019年　『詩集 鉄格子』『えほん ヴィボーレの森』（風詠社）発行

現在神奈川県藤沢市に在住

詩集　こころの窓を開けてごらん

2019年10月15日　第1刷発行

著　者　山田にしこ
発行人　大杉　剛
発行所　株式会社 風詠社
〒553-0001　大阪市福島区海老江5-2-2
大拓ビル5 - 7階
Tel 06（6136）8657　http://fueisha.com/
発売元　株式会社 星雲社
〒112-0005　東京都文京区水道1-3-30
Tel 03（3868）3275
印刷・製本　小野高速印刷株式会社

ISBN978-4-434-26710-9 C0092